AF489170

PEDRO URDEMALES

••• EDICIÓN DIGITAL •••

RAMÓN LAVAL. Pedro Urdemales
Copyright © 2016
Inscripción N° 261.712

Derecho de edición reservados para todos los países por
© Edición Digital S.A.
Francisco Bilbao 827, Providencia
Santiago de Chile
www.ediciondigital.cl

Ninguna parte de este libro puede ser reproducida, almacenada, impresa o utilizada en formato digital, web, video o impreso sin autorización escrita de los editores. Escríbanos a editorial@ediciondigital.cl

ISBN edición digital: 978-956-9197-62-8
ISBN edición impresa: 978-956-9197-88-8

EQUIPO EDITORIAL
Rodrigo Fuentes D. | Paula Díaz R. | Fernando Salinas R. | Gabriela Corral D. | Carolina Triviño M. | Lucía Zamorano F.

DISEÑO Y PRODUCCIÓN
Edición Digital

Este proyecto fue financiado por el Fondo Nacional de Fomento del Libro y la Lectura convocatoria 2015

Edición Digital apoya la labor de la
Coalición Chilena para la Diversidad Cultural

IMPRESO EN CHILE / PRINTED IN CHILE

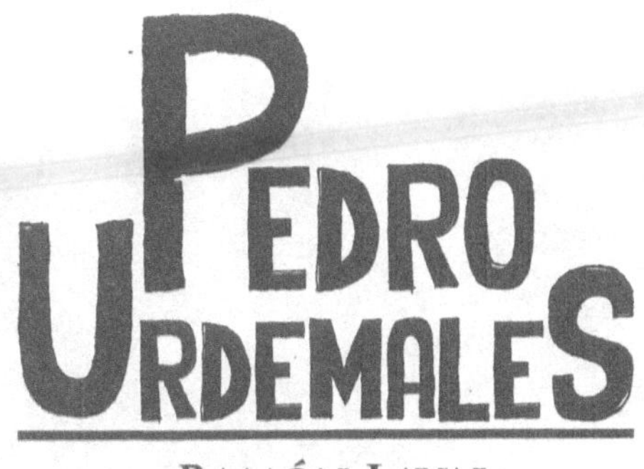

Pedro Urdemales

Ramón Laval

Ramón Laval, escritor y bibliógrafo chileno, vivió entre el 14 de marzo de 1862 y el 14 de octubre de 1929. Es considerado uno de los folcloristas más importantes de nuestro país de principios del siglo XX, ya que dedicó gran parte de su vida al cultivo y rescate de este género, sobre todo, en zonas rurales y campesinas del sur de Chile.

Fue funcionario de la Biblioteca Nacional por más de treinta años, ocupando diversos cargos, incluso llegó a ser su director. Fundó la Sociedad del Folclore Chileno en 1909, junto a Julio Vicuña y Rodolfo Lenz, la cual dos años después se fusionó con la Sociedad Chilena de Historia y Geografía, de la que también fue director entre 1925 y 1929.

Entre sus numerosas publicaciones destacan: *Del latín en el folklore chileno* (1910), *Cuentos chilenos de nunca acabar* (1910), *Contribución al folklore de Carahue* (1916), *Tradiciones, leyendas y cuentos recogidos de la tradición oral de Carahue* (1920), *Cuentos populares en Chile* (1923).

Nota preliminar

Presentamos al lector esta obra que ha sido editada con el propósito de traerla de vuelta desde el pasado y acercarla al lector actual, en especial, a las nuevas generaciones, con el fin primordial de fomentar la lectura en el individuo común y corriente que tal vez no es lector habitual. Y al que sí lo es, también le ofrecemos el tesoro de una obra de la literatura chilena clásica que poco se lee en la actualidad.

Es preciso aclarar que el trabajo realizado no se trata de un rescate histórico sino de un rescate literario. Sabemos que el vocabulario de antaño constituye un aporte valioso, pero también estamos conscientes de que el lenguaje está vivo y cambia con el paso de los años.

Editar la obra en ningún caso ha significado degradar el lenguaje, quitarle valor al texto o pasar a llevar al autor. Todo lo que se ha hecho es reemplazar algunas palabras por otras de uso más cotidiano o actual, cambiar levemente ciertas estructuras gramaticales en cuanto a su orden, presentar los tiempos verbales sin un exceso de pronombres pospuestos al verbo (p. ej. "parecióme"), actualizar ciertos aspectos tanto de acentuación como de ortografía literal y modificar detalles de la puntuación. Las aclaraciones de las notas al pie se han realizado para no cambiar palabras que realmente no tienen sinónimos exactos o que se ha considerado necesario conservar y explicar. Se ha tomado como fuente de referencia, en la mayoría de estas, el diccionario de la RAE, sin embargo, en otros casos hemos tenido que acudir a diversas fuentes de información.

Todo lo que se ha hecho ha sido con el máximo cuidado, con muchísimo respeto y un profundo amor por la literatura.

Contenido

I

EL ÁRBOL DE LA PLATA

PEDRO Urdemales le había robado a un viajero unas dos onzas[1] de oro, que cambió en moneditas de a cuartillo[2]. Más de mil le dieron, recién acuñadas y tan limpiecitas que brillaban como un Sol. Con un clavito le abrió un agujero a cada una y, pasándoles una hebra de hilo, las fue colgando de las ramas de un árbol, como si fueran frutas del mismo árbol. Las monedas relumbraban que daba gusto verlas.

Un caballero que venía por un camino que pasaba por ahí cerca, vio desde lejos una cosa que brillaba y, metiéndole espuelas el caballo, se acercó a ver qué era. Se quedó con la boca abierta mirando aquella maravilla, porque nunca había visto árboles que diesen plata.

Pedro Urdemales estaba sentado en el suelo, afirmado contra el árbol. El caballero le preguntó:

—Dígame, compadre, ¿qué arbolito es este?

—Este arbolito —le contestó Pedro— es el árbol de la plata.

—Amigo, véndame una patillita para plantarla; le daré cien pesos por ella.

—Mire, patroncito —le dijo Urdemales—, ¿para qué lo voy a engañar? Las patillas de este árbol no brotan.

—Véndame, entonces, el árbol entero; le daré hasta mil pesos por él.

—Pero, patrón, ¿acaso cree que soy tonto? ¿Cómo se imagina que por mil pesos le voy a dar un árbol que en un solo año me produce mucho más que eso?

1 Antigua moneda española que equivalía a 320 reales. (Real: antigua moneda española de plata).

2 Antigua moneda española que equivalía a la cuarta parte de un real.

Entonces, el caballero le dijo:

—Cinco mil pesos te daré por él.

—No, patroncito, ¿se imagina su merced[3] que por cinco mil pesos le voy a dar esta oportunidad? Si me diera la tontera por venderla, no la dejaría en menos de diez mil pesos; sí, señor, en diez mil pesos, ni un centavo[4] menos y esto es por ser usted.

El caballero le dio los diez mil pesos y se fue muy contento con el arbolito. Pero en su casa vino a darse cuenta del engaño y le dio tanta rabia que se le hacía chica la boca para echarle maldiciones al pillo que lo había engañado.

Mientras tanto, Pedro Urdemales se había ido a farrear los diez mil pesos.

---

3 Trato de cortesía que se usaba con aquellos que no tenían título o grado.
4 Moneda que vale la centésima parte de una unidad (peso, real, etc.).

II

La piedra del fin del mundo

Pedro Urdemales divisó a un huaso que venía a caballo y entonces se puso a sujetar una piedra muy grande que había en la falda del cerro. Cuando el huaso llegó, Pedro le dijo: "Si esta piedra se cae, el mundo se acaba; yo estoy muy cansado; ¿por qué no se pone usted en mi lugar mientras voy a buscar gente que la afirme?" El huaso accedió, se bajó del caballo y se colocó en el sitio en que estaba Pedro. Entonces, Pedro Urdemales se subió al caballo del huaso y, diciéndole que se aguantara un ratito, que ligerito volvía con otros hombres, se fue y lo dejó esperando la vuelta de su caballo hasta el día de hoy.

III

EL CURA AVARO

PEDRO Urdemales entró a trabajar en casa de un cura muy tacaño, que siempre comía fuera de la casa.

—La obligación es poca —le dijo el cura— tú me acompañarás a las casas a donde yo vaya a comer y, mientras como, me tienes la mula, y por cada plato que coma le haces un nudo a la soga[5] con que la amarras, y cuando hayas hecho cinco nudos en la comida y tres en la cena, me avisas, porque yo soy muy olvidadizo y no puedo comer más de cinco platos en la comida, ni más de tres en la cena: el médico me ha ordenado que coma poco. Y a todo esto, dime ¿cómo te llamas?

—Así, señor.

—Bueno, pues, Así, tendrás tres pesos mensuales, ya que tu trabajo va a ser casi ninguno. ¿Estás conforme?

—Cómo no, pues, señor; no me imaginé que su merced fuera tan generoso.

Pasaron algunos días viviendo de esa manera, hasta que Pedro Urdemales, quien todo ese tiempo se había estado haciendo el inocente y el que comía poco, le dijo al cura:

—Mire, padre, ¿para qué se mortifica tanto, saliendo todos los días dos veces? Es más lo que gasta en mantener su mula que lo que economiza. ¡Y lo que se moja cuando llueve! ¿Y cuando el sol está fuerte? El día menos pensado le dará una pulmonía o una insolación. Debe saber su merced que

---

5 Nota del autor (en adelante, N.A.). Se dice en Chile que "la soga tiene pocos nudos" cuando la comida se compone de pocos platos. ¿Tendrá alguna relación este dicho con el encargo del cura?

yo soy muy buen cocinero, y si usted me da cuatro reales diarios yo le daré, más que comida, unos manjares con los que se va a deleitar.

No le pareció mal al cura la propuesta y aceptó. Pedro Urdemales tenía economizada una platita y de ella gastó el primer día, además de los cuatro reales que le dio el cura, cinco pesos, así es que puedo servirle a su patrón una buena cantidad de platos, remojados con muy buenos tragos de la mejor chicha de Quilicura.

El cura se imaginó que estaba en la gloria y no se cansaba de darle gracias a Dios por haberle proporcionado tan buen sirviente, tan económico que era difícil encontrar otro igual. ¡Por cuatro reales darle tan bien de comer! No encontraría en todo el mundo otro hombre como Así.

Una vez que terminó de cenar, Pedro Urdemales le dijo al cura:

—Padrecito, tengo ahí dos litros de leche y un poquito de aguardiente de Aconcagua; si a usted le parece, le puedo preparar un ponchecito para que se lo tome antes de acostarse; le pongo un pedacito de nuez moscada, otro de vainilla y unos clavitos olor y queda exquisito, ¿qué le parece, patrón?

—No me tientes, Así —le contestó el cura—, me has dado mucho de comer y si me echo al cuerpo alguna otra cosa, reviento.

—Pero, padre —le dijo Urdemales—, pruebe siquiera un traguito; el aguardiente es un bajativo para la cena y ¡le va a hacer bien!

—Bueno, pues, Así; pero que sea un traguito bien corto.

Pedro se fue para el interior y en un instante fabricó un ponche bien fuerte, pero le puso tanta azúcar, que se encontraba suavecito. ¡Bueno, el hombre pillo! Le llevó medio vasito al cura, que se quedó saboreándolo y al fin dijo:

—No está malo.

Y Pedro Urdemales:

—Si su reverencia quiere, le traigo otro poquito; fíjese en que el aguardiente es digestiva.

—Tráeme otro poquitito; me ha quedado gustando; se me está haciendo agua la boca.

Pedro Urdemales trajo una jarra que haría como un litro, más o menos, y le dijo al cura:

—Sírvase, padre, lo que quiera, que lo que sobre me lo tomaré yo, si su merced me da permiso.

El cura al oír esto, agarra la jarra con las dos manos y se toma todo el ponche de un solo trago. Altiro se le cerraron los ojos y se quedó dormido como una piedra.

Pedro esperó un rato, y en cuanto lo oyó roncar se fue rapidito a la pieza en que el cura tenía la plata, que era mucha, y se la robó toda; pero antes de irse le pintó la cara con hollín y después se fue.

Al otro día, el cura despertó bien tarde, y comenzó a llamar: "Así, Así, Así"; pero nadie le contestaba. Se levantó entonces medio atontado y con el cuerpo adolorido a buscar a Así y, como no lo encontró, se puso a registrar la casa. Cuando vio que su sirviente le había robado, casi se cayó muerto y salió desesperado a la calle preguntando a todo el mundo:

—¿Me han visto a Así?

—No, señor —le contestaban; porque era cierto que nunca lo habían visto así, todo pintado de hollín y creían que se había vuelto loco. Llegó a casa de unas confesadas que se asustaron al verlo y le dijeron: "¿Qué tiene, señor? Trae la cara como diablo". Le pasaron un espejo y, al verse todo untado, casi se murió de la rabia.

Pedro Urdemales desapareció para siempre y el cura quedó castigado por su avaricia.

IV

Las tres palas

PEDRO Urdemales entró a trabajar a la casa del dueño de una hacienda. El caballero tenía tres hijas muy bonitas, en quienes Pedro se fijó.

Urdemales se comportó muy bien y en poco tiempo se ganó la voluntad y la confianza de su patrón, quien nada hacía sin consultarlo con él.

Fueron un día a ver cómo iban los trabajos de un canal que se construía en la falda de un cerro y el encargado de la obra le dijo que el trabajo no avanzaba como debiera por falta de palas.

Entonces, el caballero mandó a Pedro para que fuera a buscar tres palas que había en la bodega de la casa, que se las pidiera a su hija mayor, que tenía las llaves. Llegó Pedro Urdemales a la casa y encontró bordando a las tres niñas.

—Señoritas —les dijo— el patrón está muy enojado con ustedes; no sé qué cuentos le han dicho y no quiere hablar más con ustedes; me ha encargado que las lleve donde su abuelita.

Las niñas se pusieron a llorar y le dijeron a Urdemales:

—Pero no será a las tres; alguna de nosotras quedará con mi papá.

—No, señorita, las tres; me lo dijo clarito el patrón. Preguntémoselo desde aquí y verán.

Y Pedro gritó:

—¿No son las tres, patrón, las que debo llevar?

Y el caballero que creía que le preguntaba por las palas, le gritó desde la loma:

—Sí, las tres, y lueguito.

—Ya ven, pues, señoritas; así que las tres a montar a caballo ligerito, y nos vamos por la puerta de atrás antes que el patrón venga, que es capaz de matarnos a todos a balazos, porque está muy enojado.

Y las tres niñas montaron más que rápido a caballo y se fueron con aquel pícaro. ¡Pobrecitas!

V

LA GUASQUITA DE VIRTUD

PEDRO Urdemales estada asando un buen pedazo de lomo de buey en una colina que había cerca de un camino y, cuando ya estaba la carne bien asada, divisó a un clérigo que venía a caballo, paso a paso, rezando con su librito. Pedro Urdemales pensó: "Voy a engañar a este cura, que tiene cara de tacaño" y, bajando inmediatamente al camino, amarró la carne al tronco de un árbol, se sacó la correa con que se sujetaba los pantalones a la cintura y comenzó a azotar la carne, diciendo a cada azote: "Ásate carnecita".

El cura detuvo al caballo y se puso a mirar lo que Pedro hacía; pero este, aparentando que no lo había visto, seguía azotando la carne y diciendo: "Ásate carnecita", hasta que la desató y se sentó a comerla.

El cura, admirado de lo que veía, le dijo:

—Convídeme, amigo, un pedacito.

—Con mucho gusto, señor —le contestó Pedro—, y le pasó un pedazo.

El cura la probó y, viendo que de verdad estaba bien asada y calentita, le preguntó:

—¿Y cómo hace esto, amigo, sin tener fuego? —porque el cura no veía ni rastros de leña ni de carbón por ninguna parte.

—De una manera muy fácil, señor —le respondió Pedro—, no hay más que amarrar la carne cruda a un palo o a un árbol y, pegándole con esta correíta de virtud, debe decirle a cada chicotazo: "Ásate carnecita"; y antes de los veinte guascazos la carne queda asada.

El cura se dijo: "Si le compro la guasquita a este hombre, economizaré mucha plata, porque no tendré que comprar ni carbón ni leña", y hablando fuerte le preguntó a Urdemales.

—¿Por qué no me vendes la guasquita? Te daré veinte pesos por ella; ¿qué te parece?

—Me parece muy mal —le contestó Pedro— porque la guasquita no la doy por menos de mil pesos.

—Hombre, está muy cara y nadie tendrá tanta plata ¿quieres cincuenta pesos?

—No, señor, es muy poco.

—Serán cien pesos.

—Que no, señor.

—Doscientos pesos, entonces.

—Inútilmente me ofrece menos de los mil pesos, porque no se la daré.

—Bueno, pues, te daré trescientos pesos y ni un chico[6] más.

Pedro vio que el cura no soltaría ni medio centavo más que los trescientos pesos, así es que le dijo:

—Mire, padre, por ser a usted se la daré en los trescientos pesos, pero con la condición de que todos los viernes diga una misa por el descanso de las benditas ánimas, de las que soy muy devoto.

—Bueno, pues, hombre; te daré los trescientos pesos y diré todos los viernes la misa que me pides.

El cura pasó la plata, recibió la correa y apretó las espuelas al caballo, temiendo que el vendedor se arrepintiese; pero este, apenas vio el dinero en sus manos, comenzó a correr por el bosque como si volara, y no salió de entre los árboles hasta bien entrada la noche.

En cuanto el cura llegó a su casa, quiso probar la virtud de la guasquita delante de toda su gente, a la que contó la famosa compra que había hecho. Tomó un pedazo de carne, lo ató al tronco de un árbol y comenzó a darle guascazos con la correa de virtud, sin olvidarse de decir a cada golpe: "Ásate, carnecita", hasta que contó los veinte guascazos que le habían ordenado; pero lo único que consiguió fue que la carne, con tanto golpe, se pusiera lacia y no quedó buena más que para dársela a los gatos.

No son para contarlas todas las maldiciones que el cura le echó a Pedro Urdemales, el cual, muy tranquilo, se farreó los trescientos pesos en una cantina que había por ahí cerca.

---

6 Moneda antigua equivalente a medio centavo de peso.

VI

LA OLLITA DE VIRTUD

(Este cuento es una variante del anterior)

UNA vez que Pedro Urdemales estaba cerca de un camino haciendo su comida en una olla que, calentada a fuego vivo, hervía maravillosamente, divisó que venía un caballero montado en una mula y, entonces, se le ocurrió jugarle una artimaña.

Saca rápidamente la olla del fuego y la lleva a otro sitio distante, en medio del camino, y con dos palitos se pone a tamborilear sobre la tapa, repitiendo al compás del tamboreo:

"Hierve, hierve, ollita hervidora, que no es para mañana, sino para ahora".

El caballero, sorprendido de una operación tan extraña, le preguntó qué hacía y Pedro Urdemales le contestó que estaba haciendo su comidita.

—¿Y cómo la haces sin tener fuego? —interrogó el caballero; y Pedro, levantando la tapa de la olla, repuso:

—Ya ve su merced cómo hierve la comidita. Para que hierva no hay más que tamborear en la tapa y decirle:

"Hierve, hierve, ollita hervidora, que no es para mañana, sino para ahora".

El caballero, que era avaro, quiso comprarle la ollita que podía hacerle economizar tanto; pero Pedro Urdemales se hizo mucho de rogar, hasta que le ofreció mil pesos por ella y Pedro aceptó. El viejo, que creyó hacer un gran negocio, vio muy luego castigada su avaricia, pues la ollita, a pesar del tamboreo y del conjuro, siguió como si nada.

VII

LA FLAUTA QUE
RESUCITABA MUERTOS

PUES bien, este viejo avaro no perdonó a Pedro la jugada que le había hecho y en su interior prometió vengarse; pero el desafortunado no sabía con quién se iba meter. Sucedió que un día en que Pedro y uno de sus compañeros de andanzas mataban a un cordero, divisaron que por el camino venía, muy lejos aún de la casa en la que estaban, el ya nombrado caballero; y como Pedro sabía que este señor era un hombre vengativo, pensó que seguramente venía a castigarlo; pero inmediatamente se le ocurrió jugarle una nueva artimaña. Le dijo a su compañero que se tendiera en la cama y se fingiera muerto. Con la sangre del cordero le untó la camisa y el resto de la ropa, luego, guardando en los bolsillos una flauta de caña que había hecho en la mañana, esperó al caballero al lado del falso muerto, agitando el cuchillo ensangrentado con que acababa de matar al cordero.

—¿Qué has hecho, desgraciado? Has asesinado a ese pobre. Iré, de inmediato, a denunciar a la justicia el crimen que has cometido para que te dé el castigo que mereces. —Y para sí pensaba: "Así pagará su crimen y me vengaré de él".

Pero Pedro, soltando una carcajada, le contestó:

—¿Qué no sabe, señor, que yo no soy un criminal? Lo que he hecho ha sido para probar esta flauta de virtud que hace poco me han regalado y que, con sus sonidos, resucita a los muertos. Fíjese y verá cómo mi amigo, a medida que la toque, poco a poco se levanta sano y salvo.

Y así fue, en efecto, porque al poco rato de que Pedro se pusiera a hacer sonar la flauta, el otro sinvergüenza comenzó a mover primero una pierna, después la otra, en seguida un brazo, más tarde el otro, la cabeza, el tronco, y por fin se levantó restregándose los ojos y estirando los brazos, bostezando, como quien despierta de un pesado sueño.

—¿No ve, señor? ¿Qué le decía yo?

—Pedro, véndeme la flauta; te doy quinientos pesos por ella.

—Dos mil si quiere, y si no, no hay negocio.

—Conténtate con mil y trato cerrado.

—Los dos mil he dicho, y si no, no.

—Te saliste con la tuya, Pedro. Toma los dos mil pesos y dame la flauta.

El caballero se fue muy contento para su fundo y, al entrar a la casa, le dijeron que la señora estaba durmiendo la siesta.

—No se me presentará una ocasión mejor —dijo él, invitando a la servidumbre para que lo acompañara y presenciara el milagro. Entró en puntillas al dormitorio y, sacando un afilado puñal, lo enterró en el pecho de su esposa.

Los sirvientes se quedaron mudos de espanto; pero él, con la mayor tranquilidad, les dijo sonriéndose:

—¡No hay que asustarse, niños! ¡Si la cosa no es para tanto! Ya verán cómo la señora se levanta en cuanto me oiga tocar esta flauta. —Y se puso a tocarla; pero por más que le hizo mil posturas, la señora siguió tan muerta como mi abuelo.

Pronto llegó la noticia a oídos de la justicia, y de nada le valieron al caballero las explicaciones que dio, porque lo condenaron a muerte.

VIII

EL HUEVO DE YEGUA

UN gringo recién llegado a Valparaíso iba subiendo por el cerro de la Cordillera al mismo tiempo que bajaba Pedro Urdemales con un enorme zapallo en brazos.

El gringo detuvo a Urdemales y le dijo:

—¿Qué cosa ser esa, amiguito?

—Es un huevo de yegua, señor, le contestó Urdemales.

—¿Y cuánto valer?

—Dos pesos no más, señor.

—Y usted tomar estas dos pesos y darme a mí la hueva de yegua.

Y así se hizo.

Siguió subiendo el gringo y, por sus pecados, dio un tropezón que lo obligó a soltar el zapallo, el que se fue rodando cerro abajo. El gringo se levantó y apurado siguió corriendo tras el zapallo; pero este, que ya iba muy lejos, chocó contra un árbol que se estaba al lado de una cueva y, del golpe, se partió. Con el ruido salió de la cueva una zorra asustada, arrancando rápidamente. El gringo, que alcanzó a divisar que del lado del zapallo que había quedado abierto salía un animalito, siguió corriendo atrás y gritaba: "¡Atajen a la potrilla! ¡Atajen a la potrillita!"

Creyó que el animalito que huía era la cría que debía haber dentro del huevo de yegua, la cual había salido viva al romperse este.

IX

EL SOMBRERO DE LOS TRES CACHITOS

PEDRO Urdemales se había hecho un sombrero con tres cachitos. Una vez fue a pedir a una cocinería que le prepararan una buena comida para él y varios amigos. Pagó anticipadamente y se puso de acuerdo con el dueño del negocio en que cuando le preguntara por el valor de la comida, este le respondiera "tanto es, señor", y se retirara sin hacer juicios de lo que él le contestara.

En la tarde, llegó Pedro Urdemales con sus amigos, comieron y bebieron hasta quedar satisfechos; y cuando llegó la hora de irse, Pedro llamó al dueño de la cocinería y le preguntó: "¿Cuánto le debo, patrón?" Y el cocinero le respondió: "Veinte pesos, señor". Ante lo cual Pedro Urdemales, dando vuelta su sombrero y mostrándole uno de los cachos, le dijo: "Páselos por este cachito".

Entonces, el cocinero dijo: "Está bien, señor", hizo un saludo y se fue.

Al otro día temprano, se dirigió a una tienda y compró toda clase de ropa blanca: camisas, calzoncillos, pañuelos y otras cosas. Pagó la cuenta y le hizo al comerciante el mismo encargo que al dueño de la cocinería.

Pedro Urdemales hizo como si se encontrara de casualidad con sus amigos, estuvo paseando un rato con ellos y después les dijo que lo acompañaran a comprar un poco de ropa blanca que necesitaba.

Fueron todos juntos y –una vez que pidió lo que había comprado y pagado en la mañana, y después que se lo envolvieron– preguntó cuánto debía:

—Treinta pesos, señor, le dijeron.

—Bueno, pues —contestó Pedro Urdemales dando vuelta su sombrero—, páselos por este cachito.

—Está bien, señor —dijo el hombre, hizo un saludo y se fue a atender a otro cliente.

A todos los amigos les llamó la atención este modo tan especial de pagar cuentas y le preguntaron cómo con solo dar vuelta el sombrero y decir "páselos por este cachito" las cuentas quedaban pagadas. Pedro les dijo que el sombrero era de virtud y que se lo había traído de un país muy lejano un pariente suyo, que había muerto.

Uno de los amigos, que era rico, le propuso que se lo vendiera; pero él le contestó que era muy caro y que no lo vendería por nada; pero tanto le insistió, que al fin se lo vendió por todo el dinero que el amigo llevaba consigo.

Como dueño del sombrero, este amigo creyó que iba a hacer lo mismo que Urdemales; pero le resultó mal el fraude. Invitó a muchos conocidos a comer a un gran restaurante, y comieron y bebieron de lo mejor. Cuando le trajeron la cuenta, preguntó sin mirarla:

—¿Cuánto es?

A lo que el mozo contestó:

—Trescientos pesos, señor.

Entonces, dio vuelta su sombrero y señalando una de las puntas le dijo:

—Pásalos por este cachito.

—Le digo, señor, que son trescientos pesos —repuso el mozo.

—Y yo te digo que los pases por ese cachito.

—No se burle de mí, señor; tiene que darme los trescientos pesos o, si no, llamo a la policía.

Y fue lo que sucedió, porque como le había dado a Pedro Urdemales todo lo que llevaba consigo por el sombrero, no pudo pagar y tuvo que ir preso.

X

EL BURRO QUE CAGABA PLATA

UNA vez Pedro Urdemales se encontró un burro y, montando en él, se fue donde un caballero muy rico y generoso que lo tomó a su servicio por un año, pagándole una moneda de oro cada mes.

Pedro Urdemales y su burro lo pasaron muy bien durante ese tiempo y engordaron bastante. Concluido el año, Pedro Urdemales, que no había necesitado gastar nada porque todo se le daba en abundancia, se encontró con que había economizado doce hermosas monedas de oro, que cambió por muchas de plata y, no sabiendo dónde guardarlas, como lugar más seguro se las encajó al burro debajo de la cola.

Pedro iba pasando frente a los jardines del rey, cuando este lo divisa y le dice:

—Muy bonito tu burro, Pedro, ¿quién te lo ha prestado?

—El burro es mío, Su Majestad, y bastante me ha costado; y no es nada lo bonito comparado con otras gracias que tiene.

—¿Y qué gracia es esa? —preguntó el rey.

—Va a verla Su Sacra y Real Majestad —le respondió Urdemales.

Y, clavándole las espuelas al burro con toda su fuerza, del dolor que le causó, le hizo librar una ventosidad y, con ella, salieron unas cuantas monedas de plata de las que había depositado en la parte mencionada.

Pedro le dijo al rey:

—Ya ve, pues, señor, la clase de burro que tengo, no hay otro como él en todo el mundo. Él come su pastito como cualquier otro, pero el pastito se le vuelve plata.

—Pedro —le dijo el rey—, véndeme tu burro.

—¡Cómo, señor, le voy a vender un burro de esta categoría! Fíjese Su Sacra y Real Majestad que cada vez que necesito plata no tengo más que montarme en él y clavarle un poquito las espuelas y altiro me regala varias monedas.

—Véndemelo, Pedro; te daré dos mil monedas de oro por él; es tu rey quien te lo pide.

—Por ser mi rey quien me lo pide se lo venderé, aunque no es negocio: dos mil monedas de oro es poco para ser dadas por el rey.

El rey le mandó a dar a Pedro dos mil quinientos ducados[7] y el mejor caballo que se criaba en sus potreros, y en cuanto se vio montado, Pedro huyó y no dejó más que la polvareda.

El rey hizo que pusieran al burro en la mejor pesebrera y le dieran bastante pasto y del mejor y, al día siguiente, antes de almorzar, invitó a la reina, a los príncipes y a todos los grandes de la corte para que vieran la maravilla que había comprado.

Cuando ya estaban todos en los balcones, el rey en persona montó en el burro y le clavó las espuelas muy suavemente; pero el burro, nada. Le clavó las espuelas más fuerte y, entonces, el burro dio un salto, levantó la cola y entre ventosidades y otros excesos arrojó hasta unas veinte monedas de plata.

Todos se quedaron con la boca abierta, admirados de ver una cosa tan extraordinaria. Algunas damas viejas dijeron que era una señal de acabo de mundo.

Al día siguiente, se hizo la misma experiencia, siempre con buen resultado, porque el burro lanzó todas las monedas que le quedaban aún, sin dejar adentro una ni por si acaso.

El rey estaba tan contento que no cabía en sí mismo. Él no sabía que la minita se había agotado. Así es que cuando al otro día repitieron la operación, el burro lanzó de todo menos plata.

Había que ver la rabia del rey y cómo ordenaba a sus generales que mandaran tropas en persecución de Pedro, que lo había engañado. Las tropas salieron, pero ya hacía tres días que Pedro había hecho la venta y dos que había salido de los estados del rey.

¿Irían a pillar a ese sinvergüenza?

---

7 Moneda de oro que se usó en España hasta fines del siglo XVI, de valor variable.

XI

El entierro

PEDRO Urdemales había gastado toda su plata y buscó trabajo. Se fue a casa de un caballero que tenía una viña a ofrecerse como sirviente y el caballero lo tomó, pero con la condición de que no debía comer ni un grano de uva.

A Pedro Urdemales le gustaban demasiado las uvas y comía todas las que podía; pero cuando sentía deseos de ir al baño, para que no lo pillaran por los hollejos, hacía en un gran recipiente que había enterrado y que tenía escondido.

El caballero estaba muy contento con Urdemales, porque nunca había encontrado rastros de hollejos.

Cuando Pedro había llenado el recipiente, le echó tierra encima y, además, polvos de oro que había comprado con la platita que había ahorrado en el trabajo, y tapó todo bien tapado, de modo que no se descubriera. Entonces, fue donde el caballero y le dijo que quería retirarse del trabajo; pero que como toda la familia se había portado tan bien con él, quería avisarle que había encontrado un tesoro enterrado y que le diría dónde estaba a cambio de un poco de plata y un buen caballo. El hombre accedió: le entregó lo que le pedía y se trasladó con él a ver el tesoro.

Después de esto, Pedro montó su caballo y partió; y el caballero y sus hijos armados de palas se fueron a desenterrar el tesoro.

Cuando estuvieron allí, el hombre les dijo a sus hijos: "La primera palada la saco yo y es para su madre". Y así lo hizo; pero metió la pala con tanta fuerza para sacarla llena, y lo que tapaba el tesoro estaba tan blandito, que se fue de punta con pala y todo, y con el golpe de la caída saltó de adentro una cosa tan hedionda que a todos los embarró y casi los infectó; y

33

si no hubiese sido por liberar al padre de morir ahogado, los hijos habrían huido a toda velocidad.

Sacaron al caballero medio muerto del recipiente y tuvieron que darle un baño completo con mucha colonia para quitarle el mal olor. Y, como mientras esto sucedía habían pasado muchas horas, el hombre pensó que era inútil perseguir a Pedro, que iba montado en muy buen caballo y sin saber siquiera qué dirección había tomado.

XII

Los chanchos empantanados[8]

Esta era una vieja que tenía un hijo muy pillo llamado Pedro Urdemales, que salió un día a buscar trabajo donde un caballero que le dijo que tenía necesidad de un hombre que le cuidara unos chanchos, y le encargó que no los llevara por un barrial que había por ahí cerca. Pedro dijo que tendría mucho cuidado y que no los llevaría por ahí.

Hacía como tres días que los cuidaba, y tramó echarlos allí para hacer un negocio.

Pasó un caballero y le preguntó si acaso vendía chanchos; Pedro le dijo que tenía la orden de vender los que le compraran, pero con una condición: que le dejasen las colas.

Se hizo el negocio y el caballero se llevó los chanchos, sin cola, como Pedro le había dicho.

Entonces, Pedro tomó las colas y las enterró en el barro. Después se fue donde el patrón, fingiéndose muy asustado, a decirle que los chanchos se le habían ido al barrial y no los podía sacar. El caballero se fue con él a hacer que los sacara, y le decía por el camino: "¡Tanto que te encargué que no los llevaras por ahí!"

Llegaron al barrial y Pedro se hacía el que tiraba con harta fuerza de las colas, y como salían solas, decía: "No ve, señor, los chanchos se han enterrado tanto en el barro que las colas se les cortan de tanto que las tiro".

Así fue tirando todas las colas hasta que no quedó ninguna.

---

8 N.A. Este cuento y los tres que siguen, que son tal vez los más populares de Pedro Urdemales. Me fueron contados en Talca, en 1911, por Beatriz Montesinos, de San Antonio, Linares, más o menos de 50 años en ese tiempo. Los anteriores me han sido relatados por diversas personas.

Entonces, el caballero le dijo que no lo tenía más a su servicio, le pagó los tres días que le debía y lo echó.

Pedro Urdemales se fue muy contento con la platita que le dio su patrón y la que había recibido del caballero que compró los chanchos, y decía: "¡Me ha resultado bien; tan astuto que soy!" Y siguió andando por un camino en que se puso a hacer sus necesidades.

XIII

La perdiz de oro

En eso estaba cuando vio venir a un caballero montado en muy buen caballo, y apenas tuvo tiempo de levantarse, subirse los pantalones y ponerle el sombrero encima a lo que acababa de dejar en el suelo. El caballero le preguntó:

—¿Qué estás haciendo ahí? —y Pedro le contestó:

—Quédese calladito nomás, señor; usted no sabe lo que estoy cuidando.

—¿Y qué es lo que cuidas? —dijo el caballero.

—Es una perdicita de oro que vengo siguiendo desde por allá, muy lejos, y no tuve más cómo agarrarla que ponerle el sombrero encima, y no hallo cómo sacarla.

Entonces, le dijo el caballero:

—Ven acá; dámela, hombre;… pero yo tampoco tengo en qué ponerla. Hombre, anda a mi casa a buscar una jaula.

—¿Y dónde es su casa, patrón? —le preguntó Pedro.

—Anda por el camino derecho unas diez cuadras y después doblas a la izquierda y la primera casa que veas, esa es la mía; golpeas y pides la jaula.

—¿Y cómo voy a pie tan lejos, pues, patroncito? Me demoro mucho —le dijo entonces Pedro.

—Vas en mi caballo, pues, hombre.

—¿Y cómo voy con la cabeza descubierta y sin manta con este tremendo sol que hay? —volvió a decir Pedro.

—Ponte mi sombrero y mi manta —replicó el caballero y se los pasó.

Entonces Pedro salió muy contento, yendo bien provisto y hasta con caballo, y dejó al hombre cuidando a la perdiz y esperando la jaula.

Pasó un buen rato y como el caballero vio que Pedro no volvía y que se hacía tarde, hizo un esfuerzo para tomar a la perdiz y puso mucha atención para que no se le escapara. Al fin, levantó una puntita del sombrero y metió la mano debajo con mucha rapidez para tomar a la perdiz; pero en vez de tomarla se ensució toda la mano con caca. Ya estaba un poco oscuro y no vio lo que era, entonces, para saber con qué se había untado la mano, se la llevó a la nariz. De la rabia que le dio, se sacudió la mano con toda su fuerza y se dio un golpe tan fuerte en una piedra que, sin querer, del dolor se llevó la mano a la boca y se chupó los dedos.

Después, el caballero se fue rabiando en contra de Pedro, y Pedro por allá decía: "¡No me está yendo tan mal con las diabluras que voy haciendo!"

XIV

EL REMANSO

Poco después llegó a un río por el que iban pasando tres caballeros. Entonces, él se bajó del caballo para un lado en que había un remanso, diciendo: "Aquí voy a engañar a estos tres hombres".

Luego, los caballeros se acercaron a Pedro y le preguntaron:

—¿Que estás haciendo aquí, Pedro?

—Señor, quédese calladito, que estoy sacando plata de este remanso —y les muestra en la manta la plata que le habían dado por la venta de los chanchos, y les dice que de una sola zambullida que había hecho en el agua había sacado toda esa plata.

Uno de los caballeros, codicioso, se interesó en sacar plata y le dijo:

—Mira, Pedro, déjame lanzarme yo y sacar una vez.

Le contestó:

—Señor, no le tenga interés a esto, porque yo soy más pobre que usted.

El caballero porfió para entrar y le dijo que se lanzaría a sacar un poco no más.

Por fin, Pedro le dijo:

—Patroncito, entre, pero salga luego.

El caballero le preguntó:

—¿Cómo te dejas caer tú?

—Señor —le contestó Pedro—, yo me dejo caer de cabecita para abajo; pero sáquese al menos la manta y las espuelas, no se vaya a enredar y se ahogue.

El caballero se sacó sus prendas y se dejó caer, luego, pasó por una corriente que solo Pedro veía, y que lo arrastró.

Al ver que no salía el caballero, Pedro les decía a los otros:

—El caballerito no me va a dejar nada de plata, porque se está demorando mucho adentro.

Entonces, le dijo el otro:

—Pedro, yo voy a buscarlo y no me intereso por la plata. —Y se dejó caer y sucedió lo mismo que con el otro, que pasó por la corriente y se lo llevó.

Ya después no llegaba ninguno de los dos, ni el primero ni el segundo. Entonces, dijo el tercero:

—¡Qué bueno debe estar el yacimiento! Yo voy a buscarlos, Pedro, y si traemos plata, te damos la mitad.

Se dejó caer también y luego Pedro lo vio pasar por la corriente.

Dijo Pedro entonces:

—Ya, ahora me voy con los tres caballitos de tiro y provisto de todo: ¡mantas, espuelas y la plata!

XV

LOS TRES FRAILES[9]

DESPUÉS de mucho andar, llegó a un pueblecito en que vivían unas beatas donde siempre llegaba gente y, entre ellos, tres frailes. Una noche se encontraron estos con unos caballeros y tuvieron una discusión en la que mataron a los tres frailes y los dejaron ahí muy escondidos.

Llegó Pedro y una de las beatas le dijo:

—Mira, Pedro, guárdame un secreto, te pago bien pagado: que vayas a enterrar a un padre que está muerto, que nadie lo ha podido enterrar, porque se sale de la sepultura y se viene otra vez para acá (querían hacer como que era un solo padre el muerto).

Entonces, Pedro le dice:

—Señorita, déjelo a mi cuidado, y no me pague sino en caso de que no vuelva más.

Ya cuando vino la oración, subió a caballo al padre, lo amarró de las piernas y le puso un palo en el cuello para que quedara la cabeza derecha, y él tiraba el caballo de las riendas; pasaba a las casas cuyas puertas estaban abiertas y pedía limosna, y en todas partes le daban, pues salían a ver al padre, que iba muy enfermo, como Pedro decía.

La gente murmuraba que nunca había visto un enfermo tan raro, porque le encontraban hasta mal olor. Pedro les contestaba que el mal olor provenía de unas heridas que estaban dañadas por no habérselas curado a tiempo.

De este modo, llegó al cementerio, lo enterró bien enterrado, y dijo Pedro:

---

9   N.A. Este episodio y los cinco que siguen me fueron relatados por el joven don Ursicinio González, de San Javier, Loncomilla, en 1911.

—No puedo creer que dejándolo así tan bien enterrado se pueda salir. —Y se fue contento para donde las beatas, porque ya iba a ganar su dinerito.

Cuando llegó Pedro, las beatas tenían a otro padre en la misma pieza, tal como estaba el que había sacado y enterrado.

Pedro les dijo:

—Señoritas, ya está hecho lo que me mandaron.

—Pedro —le contestan ellas—, vamos a la pieza a ver si no se ha devuelto.

Fueron a la pieza y lo primero que encuentran es al padre.

—¿No ves —le dicen— que se devolvió?

Pedro entonces exclamó:

—¡Maldito este padre de los diablos! ¡Qué acostumbrado estaba aquí, que no se quiere ir ni muerto!

Llegada la noche siguiente, lo sacó de la misma manera que al primero, lo llevó al cementerio y lo enterró bien enterrado; le echó piedras encima y hasta tierra. En fin, lo enterró más que al otro.

Mientras tanto, las beatas habían colocado al tercer fraile en la misma pieza.

Llegó Pedro y les dijo:

—Señoritas, ya está hecho lo que me mandaron.

—Vamos, Pedro, a ver a la pieza, no vaya a haber vuelto, como tiene de costumbre. Fueron, e igualmente encontraron al padre.

—¿No ves, Pedro, que volvió otra vez? Le dijo una de las beatas.

—Señoritas, ya no lo voy a enterrar más que esta vez. Lo voy a dejar aquí un ratito y después lo vengo a buscar.

Y se fue a juntar leña a un llano. Dejó harta leña junta, le prendió fuego y volvió a buscar al padre.

Cuando llegó con el padre, encontró que toda la leña estaba bien prendida y lo tiró al medio del fuego, y él se sentó cerca y con el calorcito se quedó dormido.

Tocó la casualidad de que habían ido buscar a un padre para confesar a un enfermo y que pasaron por ahí mismo donde se había quedado dormido Pedro. El padre muerto ya estaba más que humeando. El padre que iba a confesar al enfermo creyó que lo que había en el fuego era un asado que estaba haciendo Pedro y que se estaba quemando. Entonces, desde el caballo, se acerca adonde Pedro, le pega un guascazo y le dice: "Pedro, se te quema el churrasco".

Pedro se levanta, mira y, al ver que tiene adelante a un padre, le dice:

—Mira, padre de los diablos, ya no te puedo dejar ni quemado.

Entonces, Pedro empezó a tirarle peñascazos al padre, y le gritaba:

—Te enterré dos veces y te saliste; te quemé y te volviste a salir.

En seguida, Pedro se fue donde las beatas, que le dijeron:

—Ahora sí que quedó bien enterrado, porque no ha vuelto. —Y le pagaron muy bien su trabajo.

Pedro se fue pensando: está tan vivo como antes, pero le habrán dado miedo las piedras que le lancé y se habrá ido para su convento, y por eso no ha vuelto.

El asunto es que las beatas lo engañaron, pues lo hicieron creer que era un solo padre el muerto. Y esta fue la primera vez que engañaron a Pedro Urdemales.

Se acabó el cuento y se lo llevó el viento; todo el mal se ha ido y que el poco bien que queda sea para mí y los que me han oído.[10]

---

10   N.A. Esta fórmula final no se encuentra entre las que publiqué en las páginas 254-258 de los *Cuentos populares de Carahue.*

XVI

Dominus Vobiscum

PEDRO Urdemales andaba sin plata y sabiendo que un cura rico necesitaba un sirviente, se presentó a solicitar el empleo. Lo aceptaron y se manifestó tan activo e inteligente desde el primer momento, que todos los de la casa le tomaron cariño. En la noche fue a pedirle órdenes al cura, que iba a acostarse, y este le dijo:

—Has trabajado todo el día y aún no sé cómo te llamas. ¿Cuál es tu nombre?

—Señor —le contestó—, mi nombre es un poco raro; pero cada uno se llama cómo le pusieron en el bautismo y a mí me pusieron Dominus Vobiscum.

—De veras que el nombre es raro —asintió el cura— pero al fin, es un nombre muy apropiado para un sirviente de eclesiástico. Bueno, pues, Dominus Vobiscum, ya es tarde, vete luego a acostar para que mañana te levantes temprano.

—Buenas noches, señor cura.

—Buenas noches, Dominus Vobiscum.

Acababa de salir Pedro Urdemales de la pieza del patrón, cuando encontró en el patio a una de las sobrinas del cura, que también iba a acostarse.

—Has estado todo el día en la casa y todavía no sé tu nombre. ¿Cómo te llamas?

—Señorita tengo un nombre muy ridículo y no me atrevo a decírselo. Llámeme usted como quiera.

—No, hombre, lo natural es llamar a cada cual con el nombre que tiene.

—El mío es… pero no se ría, señorita: La Ensalada Me Hace Daño.

—De veras que tienes un nombre muy curioso, pero si así te llamas, así habrá que nombrarte. Y se fue a acostar.

Pocos pasos más allá, encontró a la otra sobrina del cura, que también iba a acostarse y que al verlo se detuvo.

—Dime cómo te llamas, que aún no lo sé.

—Señorita, disculpe que no se lo diga; tengo un nombre muy cochino y no podría usted llamarme con él.

—¿Por qué no? Si tienes un nombre, lo justo es que con él te llamen. Dímelo nomás.

—Se lo diré, señorita, porque usted me lo manda, pero no se enoje. Cuando me bautizaron me pusieron Ya Me Cago.

—¡Qué nombre tan particular! Pero si es el tuyo, con el habrá que llamarte. —Y se metió a su dormitorio pensando: "¡Pero a quién se le ocurre poner a un cristiano un nombre tan puerco!"

Mientras tanto, la hermana del cura roncaba plácidamente y ni se había acordado de preguntarle a Pedro cómo se llamaba.

Pedro esperó hasta la una de la mañana y, sacándose los zapatos, entró al escritorio del cura y a los dormitorios de la hermana y sobrinas. Después de robar a toda la familia el dinero y las joyas, montó en el caballo que el cura tenía para salir a visitar la parroquia y huyó a toda velocidad.

Al otro día, cuando se dieron cuenta de la acción de Pedro Urdemales, no se oían sino lamentaciones en la casa.

—Esto nos pasa —decían— por tomar al primero que se presenta, sin exigirle recomendaciones de personas conocidas, pero no nos sucederá otra vez.

Había transcurrido como un mes cuando se le ofreció a Pedro Urdemales un buen negocio con un granjero que lo citó para un domingo en la iglesia de la parroquia, de la cual era cura el mencionado en este cuento. Pedro entró a la iglesia con cierto temor, el que pronto desechó, porque no era un hombre miedoso, y se puso en un rincón mientras terminaba la misa. Precisamente, en ese momento, el cura se daba vuelta hacia los fieles para decirles *orate, frates…;* pero divisó a Pedro y dijo mostrándolo con el dedo: Dominus Vobiscum.

—Señor cura —le dijo el que ayudaba con la misa, en voz baja—, si le corresponde decir *orate, frates.*

—¡Qué *orate*, frates, ni qué niño muerto! —le contestó el cura—. ¡Si lo que yo digo es que ahí, en ese rincón, está Dominus Vobiscum y que deben tomarlo preso!

—El señor cura se ha vuelto loco —pensó el monaguillo.

Mientras tanto, una de las sobrinas, que miraba hacia atrás para ver si había venido su novio, vio a Pedro Urdemales, e inmediatamente le dijo a su madre:

—Mamá, mamá, La Ensalada Me Hace Daño.

—Te dije anoche que no fueras golosa, ¿para qué comiste tanta?

Y la otra niña, que igualmente miraba por todas partes con el mismo fin que su hermana, vio también a Pedro y comenzó a codazos con su madre:

—Mamá, mamá, Ya Me Cago.

—Anda al baño de la casa, cochina; eso te pasa por ser glotona como tu hermana. ¿No les decía yo que no comieran tanta ensalada?

Y Pedro Urdemales, que vio que el cura, la hermana del cura y las sobrinas lo habían visto y reconocido, sin esperar hacer el negocio, salió disimuladamente y, subiendo al caballo, escapó a toda carrera.

XVII

EL CARTERO DEL OTRO MUNDO

Un día en que Pedro Urdemales amaneció sin un centavo en los bolsillos, se le ocurrió la siguiente artimaña para conseguir dinero. Se montó en un burro con la cara para atrás y entró al pueblo gritando:

—El cartero del otro mundo, ¿quién manda cartas para el cielo?, ¿quién manda cartas para el cielo?

Muchos salieron a mirar, pero nadie le encargaba nada, hasta que una mujer lo llamó y le preguntó:

—¿Usted viene del cielo?

—Sí, señora, y luego me voy de regreso. Soy el cartero de San Pedro.

—¡Quién lo hubiera sabido con tiempo para haberle escrito a mi marido, que se murió hace un mes!

—Ya no hay tiempo de escribir, señora, porque ando apurado, pero si usted le quiere mandar a su marido plata, ropa y algunas cositas de comer, porque está muy pobre y muy flaco, puede enviárselas conmigo.

—¡Ay! ¡Cuánto le agradezco su buena voluntad! En un momentito voy a arreglarle un paquete para que le lleve de todo.

Y, efectivamente, poco rato después la mujer le entregaba un gran paquete con toda clase de ropas de hombre, una gallina y doscientos pesos en buenos billetes, y le encargaba que todo se lo diera a su marido, personalmente, y que no olvidara decirle que siempre lo tenía muy presente en sus oraciones para que Dios le aumentara la gloria.

Pedro se despidió de ella y, siempre montado en el burro con la cabeza para atrás, se alejó gritando:

—Ya se va el cartero, ¿nadie manda cartas al cielo?

Y en cuanto salió del pueblo se montó como debía y comenzó a correr a todo lo que daba el burro.

Cuando se vio lejos, ya libre de cuidados y temores, se bajó de la cabalgadura y cambió la ropa vieja que llevaba puesta por la que le había entregado la mujer, que estaba como nueva, y se comió muy tranquilamente la gallina.

Con los doscientos pesos, Pedro tuvo para mantenerse y divertirse durante algunos días.

XVIII

El saco

Una tarde en que Pedro Urdemales andaba vestido de fraile, haciéndose pasar por tal para que le dieran limosnas, se encontró de repente con una gran cueva muy honda, en cuyo fondo vio amontonadas numerosas bolsas llenas de monedas de oro y plata y de joyas valiosísimas. En un rincón en que se ubicaba la cocina, divisó colgados un cordero abierto y dos cuartos de otro, cuya frescura incitaba a comérselos; y Pedro, que con el cansancio que le había producido la caminata por aquellos lugares se sentía con un apetito gigantesco, tomó una de las piernas y se puso a asarla. En eso estaba cuando llegó una tropa de bandidos, que eran los que habitaban la cueva, y apresándolo lo ataron de pies y manos para arrojarlo a un río profundo que corría por ahí cerca.

Pero los bandidos también venían con hambre y, mientras la satisfacían comiéndose la pierna que Pedro había puesto a asar y que ya estaba en su punto, y mientras asaban la otra –pues una no bastaba para diez hombres que eran ellos– metieron a Pedro en un saco y lo dejaron a un lado, afuera, un poco distante de la cueva.

Y como era un hombre a quien casi siempre le sonreía la suerte, tocó la casualidad de que en esos precisos momentos en que quedó solo pasaba por ahí un vaquero arriando un hermoso grupo de vacas y terneros, gritando: "¡Ah, vaca!, ¡ah, vaca!... ¡A dónde va la Barrosa!... ¡Venga para acá el Coliguacho!... ¡Ah, vaca!, ¡ah, vaca!, ¡ah, vaca!!!"; y cuando Pedro sintió que el vaquero pasaba cerca de donde él estaba, comenzó a quejarse en voz alta:

—¡Dios mío! ¡Que me vayan a echar al río porque no quiero recibir plata! ¡Pero bien sabes tú, Señor, que no puedo recibirla y tendré que dejar que me ahoguen!…

El vaquero, que era por naturaleza compasivo, al oír estas quejas se acercó al saco y, abriéndolo, vio salir la cabeza de un fraile.

—¿Qué le pasa padrecito?, le preguntó.

—¡Qué me va a pasar, hermano! Que andaba pidiendo limosnas para mi convento y que por desgracia tropecé con unos caballeros que quisieron entregarme por fuerza unos sacos de plata; pero como nuestra regla nos prohíbe recibir mucho dinero junto, porque hemos hecho voto de pobreza, me negué a recibirlo y porque no les di en el gusto me han atado y metido en este saco para tirarme al río.

—Yo creo, padrecito, que la cosa tiene remedio. ¿Por qué no nos cambiamos de ropa y yo me pongo en su lugar? Cuando los caballeros vengan a tirarme al río, yo les diré que lo he pensado bien y que veo que me conviene recibir las bolsas; y como ya se está oscureciendo, cuando me saquen del saco no me reconocerán y me entregarán la plata. Hagamos el cambio y váyase usted con el ganado a otra parte.

No se lo dijeron a un sordo, por lo que el cambio de traje se hizo con suma rapidez, quedando Pedro libre y el vaquero atado de pies y manos, metido en el saco y vestido de fraile.

Pocos momentos después, los bandidos salieron hartos de comer y de beber los exquisitos vinos que guardaban en la cueva. Uno de ellos se echó el saco al hombro y se dirigieron al río, sin hacer caso de las protestas del vaquero, que decía que aceptaba gustoso todo el dinero que quisieran darle, aunque fueran cuatro bolsas o más. Al llegar a la rivera, lo lanzaron entre dos al medio de las aguas.

Pedro, desde lo alto de un árbol, contemplaba la escena y pensaba que lo que le ocurría al pobre vaquero era lo que le habría pasado a él sin su astucia; y no se bajó hasta que terminó de producirse el burbujeo que ocasionó la caída del saco en el agua.

Pedro pasó la noche con el ganado por ahí cerca y, al otro día temprano, después de atravesar un brazo del río con el fin de que los animales y él mismo salieran completamente mojados, pasó frente a la cueva de los bandidos, arriando las vacas y los terneros, gritando a toda boca: "¡Ah, vaca!, ¡ah, vaca!, ¡ah, vaca!... ¡A dónde va la Barrosa !... ¡Venga para acá el Coliguacho!... ¡Ah, vaca!, ¡ah, vaca!, ¡ah, vaca!..."

Los bandidos, que ya se habían levantado, conocieron la voz de Pedro y salieron a verlo. Era él efectivamente.

—¿Qué es esto, padre? —dijo el capitán de los bandoleros—. Nosotros lo hacíamos en el fondo del río. ¿Cómo ha podido salir de ahí? ¿Y dónde están sus hábitos?

—La Providencia, hermano, que siempre vela por los pobres, me ha ayudado también en esta dificultad. Cuando el saco cayó al fondo, sentí que alguien lo descosía, y así era en verdad, porque poco después me sacaban y me desataban, y viendo que yo era un pobre fraile que andaba pidiendo limosnas para mi convento, la gente que vive en el fondo del río, que es muy buena cristiana, muy piadosa y muy caritativa, me dio estos animalitos y acaban de sacarnos fuera del agua, después de obsequiarme anoche una cena muy sabrosa y darme un excelente desayuno en la mañana. ¡Qué gente tan buena y tan cariñosa! ¡Dios les pagará el bien que me han hecho! Lo único que me pidieron fue que les dejara los hábitos, que querían conservar como recuerdo.

—¡Compañeros! —dijo el capitán de la tropa—. A vestirse todos con los hábitos que robamos el otro día a los dominicos y que el padre nos amarre de pies y manos, nos meta en un saco a cada uno y nos tire al río. Con el ganado que nos dé la gente que hay en el fondo del agua, tendremos para vivir holgadamente el resto de nuestros días, en paz y tranquilidad. Creo que el padre no se negará a hacernos este favor.

—Se los haré con mucho gusto, aunque me demore un poco en llegar a mi convento. Los reverendos ya deben estar preocupados.

E inmediatamente se pusieron a trabajar, y en menos de una hora y media estaban todos los bandidos amarrados, ensacados y en el fondo del río; y Pedro se encontró dueño de un buen conjunto de ganado y de todas las riquezas que los bandidos habían atesorado en la cueva.

Pero poco le duraron a Pedro tantos bienes. En fiestas con los amigos y amigas, que le sobraban, tal como les sobran a todos cuando hay higos.[11] Antes de un año, se le fueron entre los dedos de la mano.

---

11   N.A. Alude al refrán: "Cuando hay higos, hay amigos; se acaban los higos, se van los amigos".

XIX

LAS APUESTAS CON EL GIGANTE

EN una de sus andanzas, la noche sorprendió a Pedro Urdemales en medio de las montañas y, para liberarse de la intemperie, se metió en una gran cueva que encontró en su camino y se tendió a dormir. Cuando despertó, en la mañana, vio a su lado a un enorme gigante que lo miraba con curiosidad.

—¿Quién eres tú? —le preguntó el gigante—. ¿Y quién te dio permiso para dormir en mi casa?

—Yo soy Pedro Urdemales —contestó al ser interpelado—. Y para dormir aquí le pedí permiso a mi cuerpo, que se sentía fatigado y necesitaba descanso.

—¿Así que tú eres el famoso Pedro Urdemales? ¿Y es cierto que eres tan pillo como dicen?

—Tal vez no tanto, señor gigante, más o menos no más.

—Voy a probarte, para ver si la fama coincide con los hechos.

—Cuando quiera, pues, señor, estoy a sus órdenes.

—Bueno, vas a ser mi huésped por una semana y cada día haremos una apuesta; el que gane recibirá mil pesos del perdedor por cada apuesta en que salga triunfante. Supongo que tienes plata.

—¡Qué no iba a tener este niño! Es claro, pues, señor, y aquí tiene para que vea —dijo Pedro, mostrando un gran rollo de billetes.

—Entonces, mañana lunes comenzaremos. Vamos a apostar primero quién lanza más alto una piedra.

—Me parece muy bien. Pero sepa, señor gigante, que yo soy chimbero[12] santiaguino y que nadie me ha ganado hasta ahora en lanzar peñascazos.

—Déjate de presumir y mañana veremos quién gana.

Pedro Urdemales se levantó al otro día muy temprano, armó una trampa y poco después cazaba un pajarito de color gris, parecido a la diuca, que guardó en el bolsillo de la camisa.

El gigante, apenas lo divisó, le dijo:

—Ya es hora de hacer la apuesta.

—Bueno, pues, estoy a su disposición. Comience usted que es el dueño de casa.

Y el gigante, inclinándose, tomó del suelo un enorme peñasco y lo lanzó con tanta fuerza que, a pesar de su tamaño, apenas se divisaba y se demoró cerca de un cuarto de hora en caer.

—En realidad es bien forzudo usted —dijo Pedro—; pero ahora va a ver usted de qué es capaz un buen chimbero. —Y, sacando del bolsillo, oculto en la mano, el pajarillo que había casado en la trampa, se inclinó hacia el suelo como para tomar una piedra y, enderezándose, fingió que la lanzaba, y el avecita, viéndose libre, se remontó a tanta altura que se perdió de vista.

El gigante se quedó esperando que la piedra cayese, pero Urdemales, sonriéndose, le decía:

—Espere nomás; si la piedra todavía va subiendo, subiendo, y no dejará de subir hasta que llegue a la Luna.

El gigante tuvo que reconocerse vencido y pagó mil pesos a Pedro Urdemales.

Después, el gigante llevó a Pedro a unas canteras y, mostrándole unas piedras blancas muy duras, le dijo que al otro día apostarían quién desharía entre sus manos una de esas piedras hasta reducirla a polvo.

—Difícil está la cosa —dijo Pedro— pero habrá que probar.

Y como la apuesta era para el día siguiente, le pidió permiso al gigante para ir al pueblo vecino a hacer unas diligencias urgentes. El gigante

---

12   N.A. Habitantes del antiguo barrio de la Chimba (hoy Recoleta), de Santiago, situado al lado norte del Mapocho, los cuales tenían fama de ser los mejores tiradores de piedra en los combates a pedradas que sostenían, hace más de 50 años, en los márgenes de ese río, con los pobladores del barrio sur.

no puso dificultad y solo le pidió que se devolviera el mismo día, porque a él le gustaba hacer sus apuestas en la mañana temprano.

Pedro fue al pueblo y volvió antes de oscurecer, y al otro día, cuando el sol no aparecía aún, ya estaban listos los apostadores. Pedro dijo:

—Empiece usted, que es de aquí; después lo haré yo, que soy forastero.

Entonces, el gigante tomó entre sus manos una gran piedra blanca y, haciendo un pequeño esfuerzo, la redujo a finísimo polvo.

—¡Bravo! —exclamó Pedro—. Ahora vamos a ver cómo me va a mí.

Y, sacando del bolsillo unos quesillos (que había comprado en el pueblo), fingió tomar de la cantera una piedra blanca y, al apretarlos entre sus manos, comenzó a caer el agua que contenían, hasta dejarlos bien secos y convertirlos en algo que parecía un puñado de harina.

—Me ganaste también —dijo el gigante— porque por más que yo apreté la piedra, no pude sacar ni una gota de agua y tú sacaste más de un litro. —Y le pagó otros mil pesos a Urdemales. En seguida agregó:

—Mañana miércoles vamos a ver cuál de los dos, de un golpe, abre un hoyo más profundo en la roca.

—Aceptada la apuesta —contestó Pedro Urdemales y, mientras el gigante salió a traer un ternero para su almuerzo, con el atizador abrió un hoyo tan hondo en la roca, que le cabía todo el brazo; y disimuló la abertura tapándola con una delgada piedra que calzaba perfectamente.

Después desayunar, al otro día, Pedro dijo al gigante:

—A la hora que quiera puede empezar, que yo seguiré detrasito de usted.

Y, sin hacerse de rogar, el gigante dio tan feroz puñetazo en la roca que metió todo el puño. Aunque de las coyunturas de los dedos le chorreaba abundante sangre.

—¡Ahora me toca a mí! —dijo Pedro—. ¡Atención!

Con toda su fuerza dio un puñetazo en la piedra que había puesto de tapa al hoyo fabricado el día anterior y, con gran asombro del gigante, metió el brazo hasta el hombro.

—Me ganaste otra vez —gruñó el gigante, que no se explicaba cómo un hombre tan chico podía vencerlo, y le pagó los mil pesos que acababa de perder, agregando:

Entonces, mañana jueves vamos a apostar cuál de los dos se echa a la espalda una carga más grande de leña y la lleva lejos.

—De acuerdo; pero acuérdese, señor gigante, que yo soy muy forzudo y ya estoy viendo que usted va a perder.

El jueves, a la hora acostumbrada, estaban los dos apostadores afuera de la caverna. Pedro dijo a su contendor:

—Comience usted, que tiene más edad que yo.

Y el gigante, seguido de Pedro, se dirigió a un bosque no muy distante de la cueva y ya en el sitio se puso a sacar las ramas más gruesas de los árboles. Cuando había reunido un montón enorme, lo ató con una cuerda, se lo echó al hombro como quien se echa una pluma y lo llevó hasta la entrada de la caverna. Pedro Urdemales, que lo había seguido sin pronunciar palabra, tomó tres lazos muy largos que colgaban de un clavo y atándolos uno con otro, se dirigió al bosque, tirándolos de una punta.

—¿Qué vas a hacer con esos lazos unidos?

—Ya verá lo que voy a hacer.

Y atando al primer árbol la punta que llevaba tomada, siguió, rodeando el bosque, sin soltar los lazos unidos, que deslizaba por entre las manos a medida que andaba. El gigante, que caminaba detrás de él, dijo de pronto:

—Pero dime qué vas a hacer, Pedro.

—Pues, amarrar todo el bosque para echármelo a la espalda y llevármelo a mi casa, porque pienso negociar en leña, por mayor. ¡Tremendo negocio voy a hacer ahora que el tiempo está tan frío y la leña tan cara!

—¡No seas diablo, Pedro! Me doy por vencido; toma los mil pesos y déjame la leña. Mañana viernes sí que te gano: apostaremos quién puede acarrear, en un viaje, la mayor cantidad de agua de la laguna.

El viernes, bastante temprano, ya estaban ambos contendientes preparados. Pedro dijo:

—Comience usted, que es tan grande.

El gigante se echó al hombro un barril que haría más de mil arrobas[13] y se dirigió a la laguna, que estaba al otro lado del bosque; lo llenó y car-

---

13   Medida de líquidos que varía de peso según las provincias y los mismos líquidos.

gándoselo al hombro, lo llevó a la caverna como si no llevara nada y lo dejó adentro. Pedro lo siguió callado y, tomando un barrote, dijo:

—Ahora me toca a mí, y se fue acompañado del gigante. Una vez en la orilla de la laguna, se puso a cavar.

—¿Qué haces, hombre? —le preguntó el gigante.

—Voy a cavar por toda la orilla para llevarme la laguna entera para mi tierra, porque por allá el agua está muy escasa.

El gigante asustó y le dijo:

—Pedro, no seas diablo, me doy por vencido; toma los mil pesos y déjame el agua.

Se la voy a dejar por ser a usted, no más. Pero créame que más que los mil pesos, me convendría llevarme la laguna… ¿Y cuál será la sexta apuesta, señor gigante?

—Mira, Pedro, mejor será que no hagamos ninguna otra apuesta.

—¡Cómo! ¡Ninguna otra apuesta! Entonces confiésese completamente vencido de antemano y entrégueme los otros mil pesos.

—¡Eso sí que no! Vamos a la sexta apuesta. Mañana sábado veremos cuál de los dos dispara más lejos una lanza. Yo arrojaré esta y tú esta otra.

—Perfectamente —contestó Pedro.

Al otro día, en cuanto estuvieron en el sitio en que iba a tener lugar la apuesta, Pedro dijo:

—Dispare usted primero, ya que se cree tan forzudo.

Y aquel colosal gigante se puso en posición y, casi sin hacer esfuerzo, tiró la lanza tan lejos que cayó a más de diez cuadras de distancia.

—No lo ha hecho mal —dijo Pedro—. Ahora yo… Pero dígame antes ¿dónde vive su señora madre?

—Muy lejos de aquí, pero muy lejos: en Francia. Por este camino derecho se llega su casa viajando en tren expreso, en quince días. ¿Y se puede saber para qué me lo preguntas?

—Para que esta lanza que tengo en mis manos, que va a llegar allá en menos de quince minutos, le lleve memorias mías.

Tomándola del medio, comenzó a balancearla, como para que saliera con fuerza, al mismo tiempo que decía:

—¡Lanza!, ¡lanza!, ¡lanza! ¡Ándate para Francia, hasta donde está la madre del gigante y atraviésale la panza![14]

—¡Alto ahí! —gritó el gigante—. Eso sí que no, mi madre es sagrada. Me reconozco vencido; toma los mil pesos, vete y no vuelvas más por acá.

Y nuestro Pedro Urdemales se fue contentísimo de haber engañado al gigante y haberse ganado seis mil pesos con tanta facilidad. Esa fue una semana muy provechosa para él.

---

14   N.A. "Lanza, lanza,/ dice Francia/ que le piquen/ la panza".
Estos versos infantiles nuevomexicanos (Espinosa, *New Mexican Spanish Folklore*, X. Children's Games), ¿serán reminiscencia de este cuento?

XX

LA GALLINA[15]

PEDRO Urdemales había comprado una gallina muy bonita y, como tenía que hacer un viaje muy largo, se la dejó encargada al rey, quien la hizo llevar al gallinero.

Un día la princesa vio a la gallina y la encontró tan linda que le dieron ganas de comérsela; pero el rey le dijo que era ajena y que mejor escogiera otra para hacérsela guisar. La princesa se empecinó y dijo que o se comía esa gallina, o no comía nada hasta morirse de hambre, y se puso a llorar. El rey, que la quería mucho y no podía verla sufrir, consintió que matasen a la gallina de Urdemales y la princesa se la comió hecha estofado.

Después de algún tiempo, Pedro pasó a buscar su gallina y se encontró con que se la había comido la hija del rey. Pedro la reclamó y el rey ofreció pagársela muy bien pagada, pero él no consintió: "O me dan mi gallina, o me llevo a la princesa que se comió a mi gallina". Y nadie lo pudo sacar de esto.

El rey le entregó a la princesa. Pedro, metiéndola en un saco, se la echó al hombro y se fue por esos lugares hasta que, después de mucho andar, llegó a un rancho en que vivía una viejita. Pedro le pidió agua y la viejita le dijo que fuese él mismo a buscarla a un estero que corría a los pies del rancho. Pedro dejó su saco en el suelo y, con una calabaza que le pasó la anciana, fue en busca del agua. La viejita aprovechó la ausencia de Pedro para ver lo que contenía el saco, porque era muy curiosa; lo abrió y al ver a la linda princesa que había adentro y a quien ella conocía bien porque la <u>había criado, se le</u> ocurrió cambiarla por una perra salvaje, muy brava, que

15   N.A. Me lo relató en 1911 el niño don Toribio 2º Oporto C., de 16 años, de Santiago.

tenía. Y así lo hizo; sacó a la princesa y la escondió muy bien escondida y, en su lugar, metió a la perra en el saco.

Poco después volvió Pedro y echándose su saco al hombro se despidió de la vieja y siguió su camino.

Mientras iba andando, la perra se movía en el saco, pero Pedro, creyendo que era la princesa, le decía: "No se desespere, hijita, que luego vamos a llegar y quedará contenta".

Cuando Pedro llegó a su casa, abrió el saco para sacar a la princesa, pero en vez de salir ella, saltó afuera la perra y le mordió las pantorrillas.

Desde ese momento, Pedro Urdemales vivió muy triste, hasta que murió de la pena que le causó el haber sido engañado por una vieja.

OTROS TÍTULOS

Alcobas Licenciosas
Walter Garib

Morir en Arauco
José Miguel Vallejo

Juana Lucero
Augusto D´Halmar

Subterra
Baldomero Lillo

Martín Rivas
Alberto Blest Gana

Zurzulita
Mariano Latorre

Recuerdos del Pasado
Vicente Pérez Rosales

Subsole
Baldomero Lillo

Frontera
Luis Durand

La vida simplemente
Óscar Castro

Pedro Urdemales
Ramón Laval

El loco Estero
Alberto Blest Gana

La Señora, Paulita y otros cuentos.
Federico Gana

También disponible en formato digital
www.ediciondigital.cl

COLOFÓN

Equipo editorial: Rodrigo Fuentes Díaz, Paula Díaz Rodríguez, Fernando Salinas Rebolledo, Gabriela Corral Dueñas, Carolina Triviño Morales.
Este texto fue compuesto con tipografía Garamond diseñada por Claude Garamond en el siglo XVI en Francia. Cuerpo de texto tamaño 11 / interlineado 13 / justificado a la izquierda. Títulos **Georgia** tamaño 18 / interlineado 16. Libro impreso a 1/1 colores, negro / papel bond 80 con un pliego impreso a 4/4 / hotmel. Equipo de imprenta Taller: Roberto Cornejo, Luis Quinteros, Gonzalo Guerra, Iván Marey, Luis Marchant, Moisés Martínez, Nelson Martínez, Jilberto Medina, Jeffrey Medina, Yanet Osorio, Juan Pavez, Antonio Valenzuela, Manuel Solorza, Elizabeth Reyes, Jorge Gallardo, Mario Santander, Stanley Hilaire, Junior Limage, Esteban Antil, Anelson Renonce, Emmanuel Jean, Luis Flores, Marcelo Carreño, Camila Fernández, Thais Toro, Sergio González, Walter Vásquez y Nitza Magaña. Producción Preprensa y Diseño Angelo Escobar, Jonathan López, Carlos Moreno, Raúl Orozco y Jaime Armijo. Administración Joselin Cuitiño, Omar Rodríguez, Soledad Gorostiaga, Rodrigo Fuentes, Pedro Reyes y Claudio Sapag. Ejecutivos de Venta Gonzalo Gabarró, Alex Alarcón y Andrés Díaz.

Este libro se terminó de imprimir
en los talleres de Copygraph
en enero de 2018.

www.ingramcontent.com/pod-product-compliance
Lightning Source LLC
Chambersburg PA
CBHW020934160726
47993CB00007B/2787